d'Ottawa Union Saint-Joseph

# Constitution

**Fondée le 22 mars 1863 par Cuthbert Bordeleau, cordonnier, incorporée le 1er juin 1864**

Antigonos

d'Ottawa Union Saint-Joseph

# Constitution

**Fondée le 22 mars 1863 par Cuthbert Bordeleau, cordonnier, incorporée le 1er juin 1864**

Réimpression inchangée de l'édition originale de 1871.

1ère édition 2024   |   ISBN: 978-3-38813-057-6


Antigonos Verlag est une marque de Outlook Verlagsgesellschaft mbH.

Verlag (Éditeur): Outlook Verlag GmbH, Zeilweg 44, 60439 Frankfurt, Deutschland, info@outlook-verlag.de
Vertretungsberechtigt (Représentant autorisé): E. Roepke, Zeilweg 44, 60439 Frankfurt, Deutschland
Druck (Imprimerie): Libri Plureos GmbH, Friedensallee 273, 22763 Hamburg, Deutschland

# CONSTITUTION

## ET

# RÈGLEMENTS

## DE

## FONDÉE LE 22 MARS, 1863,

### PAR CUTHBERT BORDELEAU, CORDONNIER.

—o—

## INCORPORÉE LE 1er JUIN, 1864.

—o—

**CHAPELAIN :—Reverend A. PALLIER.**

MEDECINS :—
- Dr. J. T. C. BEAUBIEN,
- Dr. PIERRE ST. JEAN,
- Dr. F. X. VALADE,
- Dr. J. E. DORION,
- Dr. A. ROBILLARD,
- Dr. A. A. FILION.

DES PRESSES A VAPEUR DU "COURRIER D'OUTAOUAIS,"

1871.

# ACTE D'INCORPORATION.

## Acte pour incorporer l'Union St. Joseph d'Ottawa.

ATTENDU qu'il existe, depuis un an, dans la cité d'Ottawa, une association connue sous le nom de Société de l'Union St. Joseph d'Ottawa, qui a pour but d'aider et de secourir ceux qui en font partie, dans le cas de maladie, et d'assurer de semblables secours et autres avantages aux veuves et aux enfants des membres decédés ; et attendu que les membres de cette association ont demandé, par requête, qu'elle soit incorporée, et qu'il est juste d'accéder à leur demande : à ces causes, Sa Majesté, par et de l'avis et du consentement du conseil législatif et de l'assemblée législative du Canada, décrète ce qui suit :

1. Cuthbert Bordeleau, Léonard Desmarais, Léon David, Onésime Barretto, Barnabé Desjardins, Alfred Dufour, Herrick Peltier, Toussaint Ménard, François Sauriol, Théophile Bellemare, J. Baptiste Aubin, et telles autres personnes qui sont actuellement membres de la dite institution, ou qui pourront le devenir en vertu des dispositions du présent acte, seront et sont par le présent constitués corps politique et corporation, de fait et de nom, sous le nom de "Société St. Joseph d'Ottawa," dans le but d'aider et de secourir ses membres dans le cas de maladie, et d'as-

urer de semblables secours et autres avantages aux venves et aux enfants des membres décédés, et sous ce nom, pourront, en tout temps, à l'avenir, acheter, acquérir, posséder, avoir, échanger, accepter et recevoir, pour eux et leurs successeurs, toutes terres, ténements et héritages, et toutes propriétés foncières ou immeubles sis et situés dans le Haut-Canada, nécessaires à l'usage et occupation actuelle de la dite corporation, n'excédant pas la valeur annuelle de mille piastres, et les hypothéquer, les vendre, les aliéner ou en disposer, et en acquérir d'autres à leur place pour les mêmes fins ; et une majorité quelconque de la corporation, pour le temps d'alors, aura plein pouvoir et autorité de faire et établir tels règles, statuts et règlements qui ne devront pas, d'ailleurs, être contraires au présent acte, ni aux lois alors en force dans le Haut-Canada, selon qu'elle le jugera utile et nécessaire pour les intérêts et l'administration des affaires de la dite corporation et pour l'admission des membres en icelle, et de les changer et abroger, de temps à autre, en tout ou en partie, ainsi que ceux de la dite association qui seront en force lors de la passation du présent acte ; elle pourra aussi faire, exécuter et administrer, et fera, exécutera et administrera toutes et chacune les autres affaires et choses ayant rapport à la dite corporation et à la régie et administration d'icelle, en ce qui pourra être de son ressort, en égard, néanmoins, aux statuts, stipulations, dispositi ons et règlements à être prescrits et établis à l'avenir.

2. Pourvu toujours que les rentes, revenus et profits provenant de toute espèce de propriétés mobilières appartenant à la dite corporation, seront appropriés et employés exclusivement à l'usage de la dite corporation, à la construction et réparation des bâtiments nécessaires pour les fins de la corporation, et

au paiement des dépenses qui pourront être encourues légitimement pour les objets qui ont rapport aux fins susdites.

3. Toute propriété foncière et immobilière quelconque, appartenant à la dite association, ou qui pourra, à l'avenir, être acquise par les membres d'icelles en tel qualité ou leur être donnée, n'excédant pas la valeur susdite, et toutes créances, réclamations et droits qu'ils peuvent avoir en cette qualité, seront et sont, par les présentes, dévolus à la corporation constituée par le présent acte, et la dite corporation sera chargée de toutes les dettes et obligations de la dite association; et les règles, statuts et règlements qui sont maintenant ou pourront être établis par la suite pour la régie de la dite association, seront et continueront d'être les règles, statuts et règlements de la dite corporation jusqu'à ce qu'ils soient changés et abrogés en la manière prescrite par le présent acte.

4. Les membres de la dite corporation, pour le temps d'alors. ou la majorité d'entre eux, auront le pouvoir de nommer tels procureurs ou personnes préposées à l'administration des biens de la corporation, et tels officiers, administrateurs, délégués, serviteurs ou servantes de la dite corporation. qui pourront être requis pour la régie convenable des affaires d'icelles, et de leur allouer respectivement une rémunération raisonnable et convenable, et tous les officiers ainsi nommés pourront exercer tels autres pouvoirs et autorité pour la gestion et la bonne administration des affaires de la corporation, qui pourront leur être conférés par les règles et règlements de la dite corporation.

5. La dite corporation sera tenue de faire au gouverneur-général et aux deux chambres du parlement provincial, des rapports annuels indiquant l'état gé-

néral des affaires de la corporation, lesquels dits rapports seront présentés dans les premiers vingt jours de chaque session du dit parlement.

6. Le présent sera censé être un acte public.

# MANIÈRE DE PROCÉDER.

## *Prière avant les Séances.*

Souverain Créateur de l'univers, vous qui nous avez tous créés, qui avez bien voulu donner un père commun à tous les mortels, daignez bénir cette réunion de frères, acceptez leur premières pensées comme un tribut d'hommage pour vos bienfaits sans nombre, et répandez sur eux les grâces d'un père protecteur.

*Réponse.*—Dieu, venez à notre secours.

---

*Questions que le Président doit adresser à l'aspirant qui se présente pour être enrôlé membre de cette Association.*

Monsieur,—Répondez sous votre parole d'honneur aux questions suivantes ; et si vous ne dites pas la vérité, vous serez expulsé de la Societé et perdrez vos déboursés, sans appel.

Quel est votre nom ?

Quel est votre âge ?

Quel est votre occupation ?

Etes-vous Canadien-Français ou considéré comme tel ?

Etes-vous Catholique Romain?

Appartenez-vous à quelque Société Secrète ?

Etes-vous exempt de toute maladie héréditaire ou incurable ou de toute infirmité ?

Serez vous toujours fidèle aux règlements de cette Société ?

Donnez votre nom et votre résidence à un des assistants collecteurs Trésorier.

## *Ordres du Jour.*

1er. Enrôlement des nouveaux membres.

2e. Lecture et approbation des minutes de la dernière séance.

3e. Appel des membres du comité de régie et d'enquête.

4e. Rapport des visiteurs de malades.

5e. Application pour bénéfice.

6e. Election et installation des officiers.

7e. Avis de motion.

8e. Motion pour ballotage des aspirants et rapport du comité d'enquête.

9e. Motion règlementaire.

10e. Affaires commencées.

11e. Affaires nouvelles.

12e. Rapport du trésorier et des auditeurs.

13e. Remarques pour l'intérêt de la Société.

14e. Montant de la recette et argent en mains du trésorier.

15e. Appel des membres.

16e. Ajournement.


## *Prière après les Séances.*

Grand Saint, vous qui êtes ce serviteur sage et fidèle à qui Dieu a confié le soin de sa famille, vous qu'il a établi le protecteur de Jésus Christ, nous avons recours à vous pour le soutien de notre Société, afin d'obtenir la grâce de persévérer.

*Réponse.*—Saint Joseph, priez pour nous.

# CONSTITUTION.

—o—

### Art. 1.—Nom de la Société.

Le nom de la Société est UNION ST. JOSEPH D'OTTAWA.

### Art. 2.—Qualification des Membres.

Pour devenir membre de cette association, il faut que l'aspirant 1o. ait atteint l'âge de seize et ne dépasse dans aucun cas celui de quarante-cinq ans ; de plus lorsque l'aspirant dépasse l'âge de quarante ans, il sera obligé de payer en sus du montant du droit d'entrée, pour chaque année qu'il dépassera le dit âge de quarante ans la somme de six piastres ;

2o Qu'il soit connu pour jouir d'une bonne santé et professant la sobriété ;

3o. Qu'il soit Canadien-Français ou considéré comme tel ;

4o. Qu'il appartienne à la religion Catholique Romaine;

5o. Qu'il ne fasse partie d'aucune société secrète ;

6o. Qu'il appartienne à la classe travaillante, toute classe professionnelle exceptée.

### Art. 3.—Admission des Membres.

1o. Toute personne qualifiée désirant devenir membre de cette société, sera présenté par un de ses membres ; ce dernier donnera avis de motion huit jours avant la motion pour l'admission, et déposera en même temps le gage ci-après mentionné, ainsi qu'un certificat d'un médecin de la Société, et le baptistaire de l'aspirant ; l'aspirant payera $1.00 au médécin pour son certificat et il devra être signé par un membre de la Société qui devra être présent durant l'examen, lorsque l'avis de motion sera lu l'aspirant devra être présenté à l'assemblée par celui qui l'a proposé ; l'avis de motion spécifiera l'âge, l'occupation et le domicile de la personne présentée, c'est-à-dire le nom de la localité, de la rue et le numéro de la maison qu'elle occupe, si numéro il y a ;

2o. L'aspirant sera balloté au scrutin secret au moyen de boules blanches et noires ; la boule blanche indiquera l'admission de l'aspirant, la noire son renvoi ; 3o. Pour que l'aspirant soit admis, il ne devra pas y avoir moins de douze boules blanches ; et dix boules suffiront pour le renvoyer, quelque soit le nombre des blanches ; 4o. Lorsqu'un avis de motion sera fait pour un aspirant demeurant en dehors des limites de la cité, le ballotage se fera à cette même séance, l'aspirant devant s'absenter durant le ballotage.

## Art. 4.— Contributions.

1o. Les membres paieront une contribution mensuelle fixée par les règlements ; 2o. Les membres paieront au décès de tout membre laissant une femme ou des orphelins de père et de mère et ayant droit aux bénéfices, une contribution fixée par les règlements pour le bénéfice de la veuve ou orphelins de père et de mère de ce membre.

## Art. 5.—Officiers.

Les officiers de cette société seront : un Président,

deux Vice-Présidents, un Secrétaire archiviste, un Assistant-secrétaire-archiviste, un Secrétaire-correspondant, un Trésorier, deux Collecteurs-trésoriers, deux Assistants-collecteurs-trésoriers, deux Auditeurs, un Bibliothécaire, un assistant Bibliothécaire et un Commissaire-ordonnateur.

### Art. 6.—Election des Officiers.

1o. Les officiers de cette Société seront élus tous les six mois, à la première séance générale des mois de mai et de novembre ; 2o. Un ou plusieurs candidats pourront être nommés pour chacune des charges ci-dessus mentionnées ; 3o. Les candidats seront nommés à la séance générale, où se feront les élect'  s, et devront être présents ou avoir donnés leu. consentement par écrit ; 4o. Quand il y aura plusieurs candidats à une charge, celui qui réunira le plus de voix au scrutin sera déclaré élu ; 5o. Les officiers élus entreront en fonction immédiatement après leur élection ; 6o. Lorsqu'une charge deviendra vacante par la résignation ou toute autre cause, on procèdera immédiatement à la remplir.

### Art. 7.—Comité de Régie.

Le comité de régie se composera de tous les officiers de la Société et sera chargé de l'administration générale de toutes les affaires de la Société ; le quorum sera de cinq membres.

### Art. 8.—Comité d'Enquête.

Le comité d'enquête se composera de deux membres de chaque quartier, élus par la Société tous les six mois.

### Art. 9.—Membres en défaut.

1o. Aucun membre ne pourra voter aux élections ni être élu à aucune charge s'il n'a acquitté le montant entier de toute ses redevances à la Sociéte, et tout membre endetté de six mois ou plus n'aura pas le droit de prendre part aux discussions, séance tenante : 2o. Tout membre qui cessera de faire partie de la Société, pour une raison ou une autre, perdra sans retour le montant de ses déboursés et n'aura droit à aucun remboursement de la part de la Société ; 3o. Lorsqu'un membre négligera pendant douze mois de payer ses contributions, il sera loisible à la Société de le rayer de la liste des membres, et s'il néglige pendant dix-huit mois de payer ses contributions il se trouvera par là même rayé de la Société, et le président le dénoncera à l'assemblée comme ne faisant plus partie de la Société ; pour cela à toutes les assemblées générales, les collecteurs-trésoriers seront tenu de faire connaître le nom ou les noms de celui ou de ceux qui seront endettés de dix-sept mois, et le secrétaire-correspondant sera tenu d'avertir les membres arriérés ; 4o. Tout membre qui aura compromis l'honneur, la dignité ou les intérêts de la Société s'il tient une conduite déréglée, et le secrétaire-correspondant de l'association l'ayant averti par écrit et par ordre de la Société de s'amender, et s'il ne change de conduite pendant l'espace de trois mois, il sera en conséquence expulsé ; 5o. Un membre qui, pour quelque crime ou délit, paraîtrait devant une cour de justice ou toute autre cour criminelle, et là serait trouvé coupable, ou s'avouerait coupable, sera sans aucun appel expulsé ; 6o. Quand les membres de la Société sortiront en corps et qu'un membre ou des membres s'ennivreront au point d'être remarqués, il ou ils seront condamnés à deux piastres d'amendes pour la première offense et rayés sans appel pour la seconde; 7o. Tout membre qui n'aura pas assisté aux fêtes où la Société figure en corps et qui négligera de donner avis qu'il était malade, dans l'espace de six semaines après la dite sortie, ne peut faire effacer ses amendes; 8o. Tout membre rayé de la Société ne pourra rentrer de nouveau sans avoir payé tous ses arrérages lors de la radiation de son nom.

## ART. 10.—FINANCES.

1o. Les fonds de cette Société seront déposés par le trésorier de la Société dans une banque ou autre lieu choisi par la Société; 2o. Aucun officier ou membre n'aura le droit de contracter aucune dette au nom de la Société; 3o. Aucune partie des fonds ne pourra être retirée de la banque ou d'ailleurs; sans un ordre de la Société, et cet ordre devra être signé, séance tenante du président, du trésorier et du secrétaire-archiviste; 4o. Aucune dépense ne pourra être faite sans l'approbation des deux-tiers des membres présents à une assemblée générale, pourvu que cette dépense excède $5, et qu'avis en aura été donné huit jours d'avance.

## ART 11.—FONDS DES VEUVES ET DES ORPHELINS.

1o. La Société paiera en dedans de trente jours, la somme de trois cents piastres à la veuve ou aux orphelins de père et de mère (en-dessous l'âge de seize ans,) d'aucun membre décédé qui aura droit aux bénéfices; dans le cas où il n'y aura pas de veuve, ou d'orphelins de père et de mère (en dessous l'âge de seize ans) la société paiera la somme de cent cinquante piastres à la personne désignée d'avance du vivant du membre ; 2o. Tous les membres à la mort d'un membre qui aura droit a ses bénéfices, paiera une contribution de cinquante centins sans appel, la dite contribution devra être payé en-dedans de trois mois, sinon le membre arriéré paiera cinq centins d'amende par semaine, jusqu'au paiement des cinquante centi s de contribution ; 3o. S'il y avait plusieurs mortalités avant le paiement du premier décès, la seconde mortalité ne sera payée que dans le mois suivant, et ainsi de suites pour toutes les autres ; 4o. La veuve d'un membre n'aura pas droit au bénéfice, si le dit membre lors de son décès, est endetté de plus de quatre mois de contribution ou plus d'une piastre et demie d'amende, mais dans ce dernier cas, il faut que ce montant d'une piastre et demie d'amende soit dû depuis au moins deux mois ; 5o. Une femme qui aura été separée de son mari ne recevra aucun bénéfice, a moins qu'il ne soit prouvé qu'elle vivait avec lui depuis au moins six mois avant le décès de son mari.

### Art 12.—Existence de la Société.

1o. La Société ne pourra pas se dissoudre, ni disposer définitivement de ses fonds tant qu'il y aura sept membres qui y adhèrent ; 2o. Après un délai de six mois, pendant lequel les membres absents de la ville seront avertis de l'état des choses, par la voie des journaux français de cette ville, les six membres au plus décidéront comme bon leur semblera.

### Art 13.—Dispositions Réglementaires.

1o. La Société peut établir en aucun temps toute

disposition réglementaire en harmonie avec lo texte
et l'esprit de la présente Constitution.

### Art 14.—Amendements.

1o. Toute motion ayant pour but d'amender aucun
article de la présente Constitution, devra être faite
par écrit, et, avant d'être prise en considération, sera
lue pendant trois séances consécutives et sera discutée
à la quatrième ; 2o. Aucun amendement à la Constitution ne pourra être adopté qu'à une assemblée générale et par les deux tiers des membres présents.

## RÉGLEMENTS.

### Art. 1.—Assemblées.

1o. Les assemblées de cette association auront lieu
une fois par semaine lo jour qu'il conviendra le mieux
à la majorité des membres, à sept heures du soir depuis le 1er Octobre jusqu'au 31 Mars inclusivement,
et à huit heures du soir du 1er Avril jusqu'au dernier jour de Septembre ; 2o La première assemblée
régulière de chaque mois sera assemblée générale à
laquelle tous les membres seront tenus d'assister,
sous peine d'une amende de dix centins, sans aucun
appel a moins de maladie ou des membres résidents
en dehors de la Cité et après en avoir averti la société ; 3o. Le président, sur la réquisition du Comité
de Régie ou de douze autres membres, devra convo-
quer une assemblée extraordinaiae ; 4o. Le quorum
de chaque assemblée sera de douze membres.

### Art. 2.—Devoirs du Président.

1o. Le Président présidera les assemblées de la so-

ciété, y maintiendra le bon ordre et le décorum ; 2o.
Il veillera à ce que les officiers et les membres de tous
les Comités s'acquittrons de leur dévoirs ; 3o. Il nommera toute officiers ou comité à la nomination des-
quels la Constitutoin n'a pas pourvu ; 4o. Il procla-
mera le résultat du ballotage et toutes autres déci-
sions de la Société ; 5o. Il ne prendra part à aucune
discussion, il ne fera, ni ne secondera aucune motion
sans laisser son siége ; 6o. il ne votera qu'en cas de
partage égal de voix ; 7o Il surveillera les funerailles des
membres afin qu'elles soient conduits avec bienséance
et en rapport des moyens de la famille du membre dé-
funt ; 8o. il sera tenu d'avertir les membres, de chaque quartier nommés pour informer les membres du
décès d'un confrère.

## ART. 3.—DEVOIRS DES VICE-PRÉSIDENTS.

1o. Le premier Vice-Président en l'absence du Président, et le deuxième Vice-Président en l'absence
des deux, remplacera le Président au fauteuil et aura
lés mêmes devoirs à remplir et les mêmes droits que
le Président ; 2o. En l'absence du Président et des
Vice-Présidents la société nonmera par motion, un
Président temporaire, qui aura les mêmes pouvoirs
que le Président, et il en sera ainsi pour toute autre
officier absent.

## ART. 4.—DEVOIRS DU SECRÉTAIRE-ARCHIVISTE.

1o. Le Secrétaire-Archiviste tiendra un livre de registre pour les procès-verbaux de la société ; 2o. Il
inscrira sur le registre le nom, l'âge et le genre d'occupation des aspirants ; 3o Avant d'en registrer le
nom d'un aspirant il exigera de la part de celui qui

le présentera le versement de cinquante centins qu'il remettra au collecteur si l'aspirant est admis ou qui seront remis dans le cas ou l'aspirant serait rejeté ; 4o. Il devra laisser son livre de registre ouvert et accessible a chaque seance aux membres de l'association ; 5o. En sortant de charge il remettra à son successeur et en bon ordre tous les effets qu'il a appartenant à la société.

## ART. 5.--DEVOIRS DE L'ASSISTANT SECRÉTAIRE-ARCHIVISTE ET DU SECRÉTAIRE-CORRESPONDANT.

1o. L'assistant-Secrétaire-Archiviste fera les ordres, et remplacera en son absence le Secrétaire-Archiviste, il sera tenu d'entrer dans un livre les minutes et donnera les noms des membres malades qui reclament leur bénéfices à la troisième séance ; 2o. Le Secrétaire-Correspondant fera la lecture ; écrira et expédiera toute correspondance pour la société ; 3o. Il tiendra une file de toutes les correspondances de la société.

## ART. 6.--DEVOIRS DU TRÉSORIER, DES COLLECTEURS-TRÉSORIERS ET DES ASSISTANT-COLLECTEURS.

1o. Le Trésorier recevra des mains des Collecteurs-Trésoriers l'argent collecté par eux à chaque séance ; 2o. Le Trésorier ne déboursera aucun argent sans être autorisé par un ordre écrit au nom de la société, signé du Président et du Secrétaire-Archiviste, séance tenante, excepté pour l'assurance et les frais de funerailles qui devront être payés immédiatement ; 3o. Il n'aura le droit de garder en sa possession que la somme de quarante piastres, pour faire face aux dépenses éventuelles et devra dire à chaque séance après la recette le montant qu'il a en mains et il devra être fait immédiatement une motion fixant le montant qu'il devra déposer ; 4o. A toutes les assemblées générales, il fera un rapport des recettes et des dépenses de la Société, et ce rapport devra être signé du Président du Secrétaire-Archiviste et de lui-même ; 5o. Avant de sortir de charge, il soumettra un rapport de l'état des finances de la Société, et ce rapport devra être signé du Président et la majorité du comité de Régie ; Les Collecteurs-Trésoriers seront tenus de faire, séance tenante, la collection des argents dûs à la société, d'en verser le montant entre les mains du Trésorier à la fin de chaque séance ; ils seront obligés de tenir un grand livre, un journal, un livre de suspension et généralement tous les autres livres qui auront rapport à leur charge ; ils seront tenus aussi d'appeler, à chaque assemblée générale, les noms des membres endettés de six, de douze et de dix-sept mois de contribution, et lors des élections générales, outre cet appel, ils feront aussi celui des membres qui n'auront pas payé leur entrée tel que voulu par la quatrième clause de l'article dix des réglements ; 7o. Les Assistants-Collecteurs seront tenus de prendre la résidence des membres à chaque séance, aussi d'aider aux Collecteurs et de les remplacer en leur absence, le premier Assistant-Collecteur sera tenu de faire l'appel du Comité de Régie.

## Art, 7.—Devoirs des Auditeurs.

Les deux Auditeurs seront chargés à toutes les assemblées génerales d'examiner les comptes du Trésorier et en faire rapport immédiatement.

### Art. 8—Devoirs des Bibliothécaires.

1o. Les Bibliothécaires n'auront le droit de livrer aucuns livre à aucuns des membres sans que ce membre ne soit abonné à la Bibliothèque ; 2o. Ils déposeront à chaque séance le montaut de leurs recettes au Trésorier de la Société ; 3o. Ils tiendront un registre de tous les livres de la Bibliothèque ainsi qu'un registre pour les membres qui font usage des livres ; 4o. Ils devront faire avant de sortia de charge, un rapport à la société du nombre des volumes qu'ils auront livrés aux membres avant de sortir de charge et du nombre total des livres dont la bibliothèque pourra se composer alors ; 5o. En sortant de charge, ils remettront à leurs successeurs tous les effets appartenant à la Bibliothèque.

### Art. 9.—Devoirs du Comité de Régie.

1o. Le Comité de Régie prendra connaissance des accusations qui pourront être portées contre aucun des officiers ou membres qui auraient manqués à leur devoir ; 2o. Il décidera impartialement toutes les questions qui lui seront soumises par la Société ; 3o. Toute motion pour destituer un officier de sa charge devra rester sur la table durant trois séances réguilères de la société précédant l'assemblée générale, où elle devra être prise en considération ; 4o. Lorsqu'un officier aura été destituée de sa charge à une assemblée générale, pour des raisons agrées par la majorité des membres présents, il devra laisser son siége immédiatement, et s'il s'y refuse il est loisible à la majorité de l'expulser de la société ; 5o. Tout officier en sortant de charge, sera obligé de remettre en bon ordre à son successeur tout ce qu'il a appartenant à la Société.

### Art. 10.—Devoirs du Comité d'Enquête.

1o. Le Comité d'Enquête devra s'enquérir de la qualification des aspirants et en faire rapport à la séance qui suivra celle où l'avis de motion aura été donné.

### Art. 11.—Visite des Malades.

1o. Lorsqu'une application pour bénéfices sera faite à la société par aucun membre malade, le Président nommera deux membres pour le visiter, et ils feront rapport à la séance suivante ; 2o. De plus, il sera loisible à la société de nommer un ou deux médécins pour visiter le malade quand l'association le jugera nécessaire.

### Art. 12—Admission des Membres.

1o. Le prix d'entrée de seize ans à vingt-quatre sera de trois piastres, de vingt-quatre à trente sera de quatre piastres, de trente à trente-cinq sera de cinq piastres, et lorsque l'aspirant dépassera l'âge de quarante ans il paiera six piastres par année en sus du prix d'entrée ; 2o. La contribution régulière des membres sera de vingt-cinq centins par mois payable tous les mois ; 3o. le membre qui proposera un aspirant devra produire en même temps le baptistaire et le certificat du médécin de l'aspirant et versera entre les mains du Secrétaire-Archiviste cinquante centins qui seront à déduire sur le prix d'entrée si l'aspirant est admis, mais si l'aspirant est rejeté le gage sera remis au dépositaire ; 4o. Tout membre qui n'aura payé le montant de son entrée à l'echéance du sixiè- me mois après son admission, sera rayé de la liste des membres ; 5o. Tout aspirant rejeté ne pourra être présenté de nouveau qu'au bout de trois mois ; 6o. L'entrée de l'aspirant ne datera que du jour où il prendra sa carte d'admission, l'aspirant pourra payer le prix d'entrée dans l'espace de six mois, mais s'il neglige après ce temps il se trouvera par la même rayé de la Société et il perdra ce qu'il aura déjà payé.

### ART. 13.—OFFICIERS ABSENTS.

1o. Tout officier, s'absentant durant trois séances consécutives, sera remplacé à la séance suivante ; 2o. La section précédente n'aura pas d'effet pour les offi- ciers malades ; 3o. Un officier s'absentant de la ville sera obligé d'en informer la Société par écrit à la séance qui suivra son départ.

### ART. 14.—MEMBRES ABSENTS.

1o. Tout membre qui établira sa résidence hors de la Cité d'Ottawa pourra le faire et avoir droit aux bé- néfices pourvu qu'il paiera ses contributions, cinquante centins à la mort de chaque membre qui aura droit à ses bénéfices et cinquante centins à chacune des fêtes de St. Joseph et de St. Jean Baptiste s'il n'assiste pas ; 2o. Un membre qui s'éloignera de la Cité d'Ot- tawa devra laisser son adresse à un des Assistant- Collecteur-Trésorier ; 3o. En cas de maladie, un membre éloigné de la ville, devra en informer le Président par écrit s'il veut toucher ses bénéfices, en envoyan un certificat d'un médécin et un du curé ou du juge de paix de la place ou il réside, mais sujets à tout, les clauses de l'article quatorzième pour *jouissance de bénéfices,* excepté la troisième du dit article.

## Art. 15.—Bénéfices.

1o. Un membre qui ne sera pas disqualifié et qui se trouvera incapable de travailler ou de vaquer à ses occupations, par suite de maladie ou d'accident, recevra de la Société trois piastres par semaine : 2o. Au décès d'un des membres, la Société paiera pour frais d'enterrement la somme de vingt piastres ; 3o. La Société ne paiera pas les frais d'enterrement à un membre qui n'aura pas été un an accompli à dater de la date de sa carte d'admission dans la Société ; 4o. Tout membre qui s'engagera à l'armée à l'étranger et qui sera blessée ou tué perdra ses droits aux bénéfices ; 5o. Tout membre qui se suicidera, ou qui mourra par suite de s'être battu en duel ou s'être engagé pour se battre dans les élections ou ailleurs perdra ses droits aux services et frais de sepulture, mais n'exemptera pas les cinquante centins de contribution au décès d'un membre.

## Art 16—Jouissances de Bénéfices.

1o. Aucun membre ne pourra jouir des bénéfices que douze mois après la date de sa carte d'admission à la Société ; 2o. Aucun membre malade ne pourra recevoir de bénéfice sans faire application à la Société par écrit, et l'application ne datera toujours que du jour où elle viendra dans la salle, séance tenante ; de plus, la première semaine de maladie après l'application, ne sera payable que dans le cas où la maladie se prolongera deux semaines au plus après l'application ; 3o. Aucun membre malade ne pourra recevoir de bénéfice de la Société sans avoir été visité par deux membres et que ses visiteurs aient fait leur rapport à la Société ; de plus, la Société aura toujours le droit de le faire visiter par un ou deux médécins, tel que expliqué dans l'article neuf ; 4o. Un membre malade perdra ses droits aux bénéfices s'il est prouvé par les visiteurs nommés pour le visiter ou par le médécin, que sa maladie provient d'intempérance ou de mauvaise conduite, et aussi lorsque les médécins prouveront que la conduite immorale d'un malade est contraire à sa querison, tel membre perdra ses bénéfices ; 5o. Tout membre qui négligera de payer ses contributions à l'échéance de chaque mois perdra ses bénéfices ; 5o. Tout membre qui négligera de payer ses contributions à l'echéance de chaque mois perdra ses bénéfices pour le même espace de temps pour lequel il était endetté à la Société après avoir payé ; 6o. Un membre arrêté de son travail pour cause d'aliénation mentale ayant droit aux bénéfices, recevra trois piastres par semaine durant douze semaines, à l'echéance de cette date, la Société pouvoira à le placer dans un asile d'aliénés, et s'y ses parents ou amis s'y opposent, la société ne lui paiera qu'une piastre et cinquante cēntins par semaine. 7o. Tout membre qui n'aura pas payé sa contribution pour la messe St Joseph deux mois apres la fête patronale, n'aura pas droit aux bénéfices et perdra ses bénéfices pendant un mois après avoir payé ; 8o. Tout membre endetté d'une piastre d'amende, après un mois de delai perdra tous ses bénéfices tant qu'il n'aura pas payé, et perdra ses bénéfices pendant un mois après avoir payé ; tout membre endetté de plus d'une piastre d'amende, après deux mois de délai perdra tous ses bénéfices tant qu'il n'aura pas payé, et perdra ses bénéfices pendant deux mois après avoir payé

## ART. 17.—AMENDES.

1o. Tout membre qui ne donnera pas sa résidence dans les premiéres quinze jours qui suivent son déménagement, paiera cinquante centins d'amende sans aucun appel ; 2o. Tout membre faisant partie d'un Co mité et qui manque à son devoir sera passible d'une amende de dix centins ; 3o. Tout membre sera passible d'une amende de vingt-cinq centins ayant été averti et n'assistant pas aux funerailles d'un de ses confrères ayant droit aux bénéfices, il devra pour être exempte de l'amende porter son insigne de crêpe, repondre à son nom à la première appel à la salle et à la deuxième appel au cimetière, seront exempts les malades et les membres résidents hors de la ville ; 4o La Société ne sera pas obligé de payer les frais de funerailles d'un membre à qui la sépulture catholique est refusé ; de plus, les membres ne seront pas obligés d'assister aux funerailles d'un confrère qui demeure en dehors des limites de la Cité ; 5o Chaque fois qu'il sera prouvé par deux ou plusieurs témoins digne de foi qu'un membre était enivré dans une procession ou dans une démonstration où la Société aura figuré en corps, ainsi qu'en aucun temps de ces jours-là, en portant son insigne, ce membre sera passible d'une amende de deux piastres pour la première offense et pourra étre expulsé sans appel à la seconde.

## ART 18.—AMENDEMENTS,

1o. Toute motion pour amender les Réglements de-

vra avant d'être prise en considération, être lue et
rester sur la table durant trois séances consécutives
et sera discutée à la quatrième ; 2o. Tout amendement aux Réglements ne pourra être adopté qu'aux
assemblées générales etavec le consentement des deux
tiers des membres présents.

Art. 19.—Devoirs des Membres durant les Séances.

1o. A l'heure fixée pour les réunions de cette association, le Président prendra le fauteuil et comman-
dera l'ordre et le decorum ; 2o. Devant la séance, les
membres devront être assis et découverts, le plus
grand silence devra être strictement observé afin de
ne pas nuire aux delibérations ; 3o. Il sera loisible au
tier des membres présents de demander la decision
sur toute questions en déliberation ; 4o. On ne s'écar-
tera pas de l'ordre prescrit par l'ordre du jour, à
moins que cette irregularité ne soit sanctionnée par
la majorité des membres présents ; 5o. Aucun membre n'aura le droit de parler plus de deux fois sur
la même question, sans en recevoir la permission du
Président et aucun membre n'aura le droit de parler
plus de dix minutes chaque fois ; 6o. Lorsqu'un
membre parlera sur une question. il se tiendra debout
à sa place et s'adressera respectueusement au fauteuil, se bornera à la question et evitera toute per-
sonnalité ; quand plusieurs membres se léveront en-
semble pour parler en même temps, le Président décidera qui a le droit de priorité ; 7o. Tout membre
qui introduire dans les débats aucun sujet qui touche-
ra à la politique ou à la religion, sera passible d'une
amende de vingt cinq centins ; 8o. Un membre qui
usera d'un langage grossier ou qui manquera en aucune manière au respect qu'il doit à la Société et à

ses confrères, sera sujet d'une amende que les membres fixeront suivant la nature de l'offense; de plus un membre qui dira à un de ses confrères des paroles provoquantes et indigne d'un homme bien né, devra être sur motion, condamné à ne prendre aucune part aux discussions durant un temps n'excédant pas trois mois, et s'il veut parler sur une question durant ce laps de temps il sera passible d'une amende de cinquante centins chaque fois : 9o. Si un membre est enivré à une séance et qu'il troublera la paix, il sera passible d'une amende de deux piastres.

ART. 20.—DEVOIRS RELIGIEUX ET AUTRES DES MEMBRES EN DEHORS DE LA SOCIÉTÉ:

1o. Tout membre de cette association devra employer son confrère (s'il est possible) préférablement à toute autre personne, dans son métier, commerce, ou aucune manière quelconque ; 2o. Comme cet association a pris pour patron St. Joseph, tous les ans à la fête de ce Saint, les membres paieront vingt-cinq centins chaque, pour les frais d'une grande messe qui sera chantée dans la Cathédrale d'Ottawa, pour pain béni et musique, etc., etc. ; 3o. Tous les membres devront assister à ce devoir religieux sous peine d'une amende de cinquante centins ; 4o. Tout membre qui aura abjuré la religion Catholique Romaine sera expulsé de la Société sans appel.

ART. 21.—PRIVILÉGES ACCORDÉS AU CLERGÉ CATHOLIQUE ROMAIN.

1o. Les Messieurs du clergé Catholique Romain, ont le privilége d'assister aux séances de la Société,

sans cependant avoir droit de prendre part aux dé-
libérations ou discussions de la Société, excepté pour
ce qui regarde la morale des membres ; 2o· Sa Gran-
deur Monseigneur d'Ottawa a le privilége de nommer
un de ses Prêtres en qualité de Chapelain de la Société, le Chapelain aura le droit d adresser de temps
en temps quelques paroles d'édification sur la morale
et la religion et de veiller aussi à ce que les règles de
la morale soient observés par chacun des membres de
la Société St. Joseph.

## Art. 22.—Invitation à la Société.

1o. Lorsque la Société sera invitée à sortir en corps
pour assister à quelque fête, il faudra que l'invitation
soit approuvée par les deux tiers des membres présents à la séance où l'invitation aura été faite.

## Art. 23.—Devoirs des Membres à la Fête St. Jean Baptiste.

1o. Tout et chaque membre de la Société St. Joseph sera obligé d'assister tous les ans en corps avec
la Société St. Jean Baptiste à la fête Patronale, pour
cela il faudra recevoir une invitation par écrit de la
Société St. Jean Baptiste, et tous les membres qui
n'assisteront pas aux processions avec leur insignes et
qui ne repondront point à leur nom à la première appel à la procession avant la messe et à la deuxième
après la messe seront passible d'une amende de cinquante centins ; 2o. Sont exceptés ceux qui seront
malade et ceux qui sortiront en uniforme avec la procession de la St. Jean Baptiste et qui porteront l'insigne de la St. Joseph et qui repondront à leur nom
aux appels de la St. Joseph ; 3o. l'amende de cin-

quante centins mentionnée plus haut devra être payé dans l'espace d'un mois sous peine de perdre ses bénéfices pendant un mois après avoir payé.

### Art. 24.—Rescinder une Motion du jour.

1o. Pour rescinder une motion n'étant pas réglementaire, qui aura été passée à une assemblée regulière, il faudra les deux tiers des membres présents, et toute motion passée, séance tenante ne pourra pas être rescindée à cette même séance si la Société le désire.

### Art. 25.—Bibliothèque.

1o. La Bibliothèque de la Société se composera d'ouvrages sur les arts et metiers et d'histoire ou tous autres ouvrages n'étant pas contraires à la morale; 2o Tous les membres pourront avoir accès à la bibliothèque en payant cinquante centins par année payables d'avance; 3oLes membres n'auront droit de prendre qu'un seul volume à la fois ; 4o. Aucun membre n'a droit de garder un livie plus de quinze jours ; 5o Quiconque endommagera notablement ou p rdra un livre de la Société, sera tenu de le remplacer ou d'en payer la valeur, sous peine d'être privé de tout accès à la bibliothèque.

FIN.

## FORMULE D'APPLICATION POUR BÉNÉFICES.

A M. le Président de l'Union St Joseph.
Monsieur,

Je vous informe que, par maladie, je suis arrêté de mon travail et empêché de vaquer à aucune occupation quelconque, et que je désire retirer mes bénéfices.

(*Lieu*)   (*Date*)                    (*Signature.*)

---

## FORMULE DE CERTIFICAT DE MÉDECIN POUR MALADE.[*]

Je, soussigné, Médecin, certifie que M. (*les noms et prénoms*) est sous mes soins depuis le (*date*), pour (*indiquer la nature de la maladie*), et qu'il est actuellement incapable de se livrer à aucun travail ou occupation quelconque.

(*Lieu*)   (*Date*)                    (*Signature.*)

## FORMULE DE CERTIFICAT DU CURÉ OU DESSERVANT.

Je, prétre. soussigné, certifie que M. (*les noms et prénoms*). de cette (*ville ou paroisse*), est actuellement malade et me parait incapable de vaquer à aucun travail ou occupation quelconque.

(*Lieu*)   (*Date*)                    (*Signature.*)

---

[*] Comme cette Société est obligée de payer trois piastres de bénéfices par semaine à chacun de ses membres réellement malade et incapable de vaquer à ses occupations ordinaires ou autres occupations lui rapportant des bénéfices, Messieurs les Médecins voudront bien n'accorder de certificat qu'à ceux qui leur paraîtront remplir toutes les conditions susdites.

### FORMULE DE CERTIFICAT D'UN JUGE DE PAIX.

Je, soussigné, un des Juges de Paix de Sa Majesté pour la Province de *(indiquer la Province ou l'Etat)*, certifie par les présentes que M. *(les noms et prénoms)*, de *(indiquer la ville ou paroisse)*, dans le *(comté, township ou État)*' est actuellement malade et me parait incapable de se livrer à aucun travail ou occupation quelconque.

En foi de quoi j'ai apposé mon seing et sceau aux présentes, ce *(quantième)* jour de *(mois et année.)*

(Signature)

---

### FORMULE D'AFFIDAVIT DEVANT UN MAGISTRAT.

Je, soussigné, *(nom et prénoms du membre réclamant les bénéfices)* déclare solonnellement que je suis actuellement malade et incapable de me livrer à aucun travail ou occupation quelconque.

Assermenté pardevant moi, soussigné, à *(lieu)*, le *(quantième)* jour de *(mois et année.)*     ( *Signature.* )

*(Signature)*   Juge de Paix.

---

### FORMULE D'AVIS D'ABSENCE

A **M.** le Secrétaire-Archiviste de l'Union St Joseph. Monsieur,

Je vous informe que je dois partir *(indiquér le jour)* pour *(indiquer le comté ou l'État)*, et que je compte être absent pendant *(indiquer, s'il est possible, la durée de l'absence.)*

*(Lieu)*   *(Date)*                        *(Signature.)*

# TABLE DES MATIÈRES.

# ERRATA.

---

## CONSTITUTION.

Art. 2, clause 6e, page 9, lisez "qu'il appartienne à la classe travaillante, toute classe professionnelle et mercantile exceptées."

Art. 3, clause 3e, page 10, lisez "pour que l'aspirant soit admis, il ne devra pas y avoir moins de douze boules blanches ; et dix boules noires suffiront pour le renvoyer, quelque soit le nombre des blanches."